POÉSIES

LÉGÈRES,

Par Olympe BENAZET,

PROFESSEUR D'ÉCRITURE,

Dédiées à M.me J. H..........

Il faut, en toute chose,
Et rejeter l'épine et conserver la rose.

TOULOUSE,

IMPRIMERIE DE BENICHET CADET,

RUE FOURBASTARD, N. 26.

POÉSIES LÉGÈRES

d'Olympe Benazet.

A M. DE CHEVERUS,

EVÊQUE DE BORDEAUX, PAIR DE FRANCE.

ONTIFE du Très-Haut, que j'admire et révère,
Agrée en ce moment mon hommage sincère.
Je ne viens pas ici brûler un fol encens
Sur tes autels sacrés ; comme un de tes enfans ,
J'ai cru devoir courir, armé d'un noble zèle,
Auprès de ta personne où mon désir m'appelle.
Ce n'est point pour vanter tes travaux glorieux ,
Qui dans l'autre hémisphère ont été fructueux.
Que d'auteurs avant moi , par leur verve féconde,
Enivrés du plaisir d'en instruire le monde ,
Ont dû se disputer l'honneur de les louer !
Il ne m'appartient pas de les renouveler ;
Bien plus que le passé le présent m'intéresse,
Ta morale m'entraîne et me charme sans cesse.
Disciple du Sauveur, humble et doux comme lui ,
De sa religion digne et puissant appui,
Ton troupeau t'est plus cher que les grandeurs humaines ;
Seul tu les fais connaître et frivoles et vaines.
Aussi, de la Gironde es-tu nommé pasteur :
Ce haut rang est le prix des vertus de ton cœur.
Tu crois n'être élevé que pour le bien des autres ;
Et tu vis parmi nous émule des apôtres.
Tu t'es toujours montré l'ami des malheureux ,
Tu les as secourus dans des temps désastreux
Qui plongèrent la France en un deuil déplorable,
La privant pour jamais d'un monarque adorable ;
Et, malgré le péril qui menaçait tes jours ,
Ta noble charité ne borna point son cours.
Dans ce siècle pervers, en dépit de l'envie,
Tu prêchais de Jésus la doctrine et la vie.

I

Qui ne se sentirait touché par tes discours ?
Qui pourrait se lasser de t'entendre toujours
Publier avec art la divine parole ?
Heureux qui peut aller à ta sublime écolè
Apprendre à devenir et sage et vertueux,
Pour voler de la terre à la gloire des cieux !

LA FAILLITE.

Un marchand, appauvri par mainte et mainte perte,
Déclare sa faillite, et laisse quelque temps
    Du magasin la porte ouverte,
Et l'enseigne exposée aux regards des passans.
Ses cruels ennemis aussitôt le soupçonnent
De causer sans pitié la ruine et la mort
Du malheureux Jérôme et du pauvre Délort;
    Et la plupart qui s'en étonnent
Aux travaux des forçats le condamnent d'abord.
Au bruit de son péril, que j'avais peine à croire,
Ses amis vont le voir, le plaindre et l'avertir
De son crédit perdu; mais de le secourir,
Aucun d'eux n'envia le mérite et la gloire.
Ceci n'étonne point : souvent, en pareil cas,
L'amitié s'attendrit sans nous tendre les bras ;
Elle a grand soin de mettre, en voyant la misère,
Les conseils en avant, les secours en arrière.
Chacun prêchait notre homme. Un voyageur fameux
L'engageait à quitter le toit de ses aïeux,
Un misanthrope à fuir dans quelque antre sauvage,
Un soldat à souffrir ses maux avec courage,
Son beau-père à flatter ses créanciers fougueux,
Un prêtre à mériter la clémence des cieux.
De ces nombreux avis dictés par la prudence,
Pas un ne fut goûté du prétendu larron,
Qui vécut assuré dans sa propre maison,
Et sans être muni d'un brevet d'assurance.

Vous pestez, créanciers, mais c'est bien vainement :
Vous ne ferez jamais le reçu du comptant.
Consolez-vous plutôt, insensés, que vous êtes :
Quiconque est sans le sou ne peut payer ses dettes.

A Mme LA DUCHESSE DE BERRY,

A SON PASSAGE A TOULOUSE.

Princesse illustre et magnánime ,
Toi , qui daignes de ton estime
Honorer le mérite et les arts à la fois ,
Que ne puis-je , en ce jour d'ivresse ,
Célébrer dignement les transports d'alégresse
Qu'inspire à tout un peuple une fille des rois !

Pour réparer le sort contraire ,
Je vole sur tes pas dans la noble carrière
Que la gloire me vient ouvrir ;
Et si je ne jouis du sublime avantage
De voir tes belles mains accepter mon ouvrage ,
J'aurai celui de te l'offrir.

Sous le beau ciel de l'Italie ,
Princesse , tu reçus le jour ;
Tu nous as consacré ta vie ,
Nous te consacrons notre amour.
Accours dans la cité d'Isaure ,
Viens combler les souhaits d'un peuple qui t'adore ,
Et d'un regard propice assurer son bonheur.
Point de province à ta présence
Qui n'éprouve ta bienfaisance
Et qui n'admire ta splendeur.

Tes enfans , ces précieux gages
Des nœuds que tu formas , et qu'un monstre a rompus ,
Seront les dieux de nos hommages
Et les miroirs de tes vertus.
Pour éterniser sa mémoire ,
Ta fille un jour fera la gloire
D'un prince ami de l'équité ,
Et par la plus vive tendresse
Lui prouvera que la sagesse
Est le trésor de la beauté.

Mais, pour le bonheur de la France,
Élève cet enfant chéri,
Dont la précoce intelligence
Annonce un fils du bon Henri.
Nourrisson de Mars et des Graces,
Tu le verras suivre les traces
Du Béarnais dont il descend,
Et par son caractère auguste
Acquérir le titre de juste
Et mériter le nom de grand.

ÉPITAPHE D'UN CHAT.

Ci-gît le plus rusé des chats,
Et le plus beau de son espèce,
Qui dans l'asile du trépas
Emporta la haine des rats
Et les regrets de sa maîtresse.

ÉPITAPHE D'UN NÉGOCIANT.

Ci-gît un commerçant justement regretté
Pour son intelligence et son utilité,
Qui par mille bienfaits signala sa carrière,
Fut bon fils, bon ami, bon époux et bon père.
Passant, compatis au malheur
De sa famille en deuil qui le pleure sans cesse :
Il est l'objet de sa douleur,
Comme il le fut de sa tendresse.

PORTRAIT DE L'ABBÉ MARCEILLE.

Marceille des vertus fut le parfait modèle ;
Aussi fut-il chéri des petits et des grands.
Au culte du vrai Dieu son cœur toujours fidèle
Sut maintenir les bons, ramener les méchans.

Pour mettre au bas du Portrait du général
BARBOT.

Minerve l'a conduit en tout temps, en tous lieux ;
Mars a toujours guidé son bras victorieux.

VERS récités par une demoiselle de dix ans à messieurs les prêtres de l'église de la Dalbade, devant une nombreuse assemblée, le jour de la distribution des prix du catéchisme.

Dignes ministres des autels ,
Vous qui cultivez mon enfance
Avec des soins tout paternels ,
Agréez ma reconnaissance.

Sans vos salutaires avis ,
Qui font mon succès et ma gloire ,
Aurais-je mérité le prix
Que l'on accorde à la victoire ?

Non, Messieurs, je vous dois l'honneur
De me voir couronner dans cet auguste temple.
Je conçois maintenant jusqu'où va le bonheur
D'écouter vos leçons et suivre votre exemple.

Puissé-je près de vous, exempte de souci,
Aux yeux du Seigneur que j'adore ,
Être aussi pure à mon midi
Que je le suis à mon aurore !

IMPROMPTU.

Jacques, dit-on, est pétri d'ignorance.
Personne cependant n'exerce mieux que lui
La pernicieuse science
De dérober le bien d'autrui.

PORTRAIT DE Mlle ZÉPHIE.

Zéphie est vraiment séduisante ,
Elle a le pied mignon et la taille élégante ;
Elle charme le cœur, elle éblouit les yeux,
Parle très-bien, écrit encore mieux.

ÉPIGRAMME.

Ne disputez jamais à Jean
Son antique origine,
Car ses aïeux, son père, et l'hypocrite Armand
Dont il est le digne parent,
Sont célèbres par la rapine.

Autre.

Un chiche, grand de taille et très-petit de nom,
Connu doublement sot et triplement fripon,
Pour comble de malheur ressemble de figure
Au fameux Phrygien, l'horreur de la nature.
Je ne puis concevoir que ce monstre damné
Soit devenu parent du pieux Montané.

IMPROMPTU.

Quel est ce connaisseur et poète nouveau
Qui prétend que Beaumont est un petit hameau ?
Serait-ce par hasard un favori des belles ?
Non, c'est monsieur Bely, fabricant de chandelles.

LES VAINS DÉSIRS.

Clarice, belle et vertueuse,
N'a pas le sou pour s'établir ;
Adèle riche, mais affreuse,
Tous les jours cherche à s'embellir.
Il manque à l'une
De la fortune,
A l'autre il manque la beauté.
De vains désirs de tout côté.

LA MÈRE A PRÉTENTION.

Naguère madame Alexandre
Disait, d'un ton plein de hauteur,
Qu'elle n'accepterait pour gendre
Qu'un avocat, un juge, ou bien un procureur.
Nous voyons maintenant sa jeune et tendre Lise,
Malgré sa mise,
Sa beauté rare et son esprit,
Épouser un gagne-petit.

Comme à Paris, dans la province
Chacun s'ignore, par ma foi ;
Le bourgeois voudrait être prince,
Le prince voudrait être roi ;
    Et quand l'envie
    Et la folie
Ont satisfait l'ambitieux,
La mort lui vient fermer les yeux.

VAUT MIEUX TARD QUE JAMAIS.

Puisqu'ici bas chacun vante la gloire,
Mes chers amis, il est temps d'y courir :
J'en suis avide, et vous ne sauriez croire
Qu'en rimaillant je cherche à l'acquérir.
L'ardent guerrier la trouve avec Bellone ;
Le métromane en chantant les hauts faits ;
Et si trop tard le laurier les couronne,
    Vaut mieux tard que jamais.

Après quinze ans du plus doux mariage,
Deux bons époux déploraient le malheur
De n'avoir point, au sein de leur ménage,
Quelque héritier pour les rendre au bonheur.
Bientôt le sort leur accorde une fille :
On vit alors les époux satisfaits,
Et le voisin dire au chef de famille, etc.

Un débauché me promettait sans cesse
De mettre un terme à ses vices honteux,
Et d'écouter la voix de la sagesse ;
Je veux, dit-il, devenir vertueux.
« Promettre est un et tenir est un autre : »
Il le prouva par ses nouveaux excès ;
A soixante ans il devint bon apôtre, etc.

Plusieurs neveux, avides de richesse,
N'attendaient plus, pour se croire opulens,
Que le trépas d'un oncle en sa vieillesse :
Sa mort arrive, et les voilà contens ;
Chacun s'empresse à chercher sa finance :
Cet heureux jour combla tous leurs souhaits.
Quand le plaisir répond à l'espérance, etc.

VERS adressés à M. Louis B....., le jour de son mariage, par sa jeune cousine.

Louis, ton bonheur est certain,
Son jour luit, l'éclat t'environne ;
L'hymen à tes vertus prépare la couronne ;
La charmante Elisa va te donner sa main.

Vos deux cœurs se ressemblent,
Ils sont faits pour s'aimer ;
Si des nœuds les rassemblent,
C'est pour les enflammer.
Destinés à vous plaire
Par les plus doux penchans,
Ne quittez point Cythère,
Soyez toujours amans.

A sa Bien-Aimée.

Épouse et cousine chérie,
Agréez l'offre de ces fleurs *
Qu'avec plaisir je vous dédie,
Au nom de mes parens ravis de vos ardeurs.
De votre jeune époux que l'ame libre et pure,
Glorieuse d'un choix qu'a produit le hasard,
Puisse voir dans ces fleurs l'influence de l'art ;
Mais qu'elle admire en vous l'œuvre de la nature.

* Fleurs artificielles.

LA LAITIÈRE.

IMPROMPTU.

Avant de débiter son lait,
La jeune Rose le baptise ;
Et souvent on préférerait
La marchande à la marchandise.

LA RÉCRÉATION DE Mlle EULALIE.

Le délassement d'Eulalie
Paraît être la broderie.
Que j'admire ces ornemens !
Et sous quelle main élégante
Vois-je la gaze transparente
S'orner de fleurs dans tous les sens !

L'HONNÊTE USURIER.

Un pauvre habitant de Grisolles
Va supplier son cher ami
De lui prêter mille pistoles.
Avec plaisir, dit celui-ci ;
    Ami fidèle,
    Grace à ton zèle,
A ton sincère attachement,
Je te les cède à vingt pour cent.

INONDATION DE TOULOUSE

en 1827.

D'un triste événement dont frémit la nature
Ma muse jeune encor va tracer la peinture ,
Plaindre les malheureux qu'un terrible fléau
Vient de précipiter dans la nuit du tombeau.
Fuyant des vains plaisirs la troupe enchanteresse ,
Dans un profond silence en proie à la tristesse ,
Tournons vers la campagne un instant nos regards.
Dieu ! quel désordre affreux vois-je de toute parts !

Qu'êtes-vous devenus , prés fleuris , onde pure ,
Et vous , rians coteaux , miroirs de la nature ,
Moissons , dont j'admirai les prémices flatteurs ?
Quelle scène offrez-vous aux yeux des spectateurs !
Filles du doux printemps , que je voyais éclore
Au souffle du zéphir , aux rayons de l'aurore ,

Vous n'ornez plus le sein des vallons d'alentour,
Où votre aimable reine a vu briller sa cour.
Charmant exil des bois que recherche le sage,
Qui pourrait reposer sous votre humide ombrage ?
Les moissons et les fruits, les arbres et les fleurs,
Tout du courroux céleste a senti les rigueurs.

Hélas ! je ne vois plus la campagne embellie ;
L'herbe tombe sans force au sein de la prairie ;
Cérès est aux abois, Pan voit ses arbrisseaux
Céder sans résistance à la fureur des eaux ;
Flore s'évanouit, le chantre du bocage
Ne fait plus dans nos bois entendre son ramage,
Et le fleuve agrandi, dans ses flots vagabonds,
Entraîne avec fracas les débris des maisons
Qui n'ont pu résister à sa course rapide.
Tout dépérit, tout meurt sur la plaine liquide ;
Les chemins pleins de fange et les coteaux glissans
Font reculer d'effroi les voyageurs tremblans.

Mon œil, au seul aspect de ces mornes rivages,
D'un terrible élément ne voit que les ravages.
Ce fléau désastreux, en poursuivant son cours,
Éclipsa quelque temps l'astre pompeux des jours :
Sur son retour tardif tous expriment leurs craintes,
Le pauvre par ses pleurs, le riche par ses plaintes.
Vous eussiez vu la pluie inondant nos cités
Tomber du haut des cieux à flots précipités
Sur les divers présens dont Phébus nous honore.
Tel est l'arrêt fatal d'un maître que j'adore :
Il éprouve le juste et punit le méchant,
Et l'œuvre de ses mains est sujette au néant.
Dans ce désordre affreux, dans ce péril extrême,
L'habitant de Tounis ne songeant qu'à soi-même,
Pour sauver ses enfans, sa vie et ses trésors,
Épuise son pouvoir, se consume en efforts ;
Mais quelle est sa douleur aux approches de l'onde,
Dont l'aspect épouvante et fait fuir tout le monde !
Ses soins infructueux et ses vœux superflus
Ne sauraient ranimer ses esprits abattus.
Sa maison, qui bientôt devient inaccessible,
Éprouve du torrent la secousse terrible,

Et s'écroule aussitôt. Les flots impétueux
Envahissent le toit qu'habitaient ses aïeux.
Dans cette incertitude il retourne au rivage,
Et voit de ses revers la déchirante image ;
Sa maison ne présente à ses tristes regards
Que des murs renversés et des débris épars.
Figurez-vous alors ses mortelles alarmes ;
La vie et ses plaisirs n'ont pour lui plus de charmes ;
Errant au bord des eaux, plaintif, désespéré
De ne plus retrouver un asile assuré,
Ne sachant où traîner sa fragile existence,
Il maudit mille fois le jour de sa naissance,
Et de son sort fatal justement effrayé
Invoque par ses cris la mort ou la pitié.
Aux accens redoublés de sa voix lamentable,
Accourt sans différer un mortel secourable.
Qui ne reconnaîtrait le généreux Montbel
Conduit par la pitié, noble fille du ciel ?
Il arrive et bientôt va rendre l'espérance
Au peuple qui le suit dans un profond silence.
Le prudent magistrat qu'attire le danger,
Prenant part aux douleurs, cherche à les soulager.
En parcourant de l'œil la rivière agitée,
Du haut d'une maison de la ville écartée,
Il voit des malheureux sur un toit éperdus,
D'autres désespérés sur des arbres touffus ;
Et, dans cette cruelle et pénible posture,
Chacun d'eux implorait l'auteur de la nature.
Ils appellent enfin le peuple à leur secours ;
Nul pour les délivrer n'ose exposer ses jours.
Mais Montbel, animé du plus mâle courage,
Pour les remettre au port ne craint point le naufrage.
Alors à son exemple on voit de jeunes cœurs
D'une onde menaçante affronter les fureurs.
Les enfans du malheur, après leur délivrance,
Tombent à leurs genoux pleins de reconnaissance.
Le héros les relève, et leur tendant la main,
Mes amis, leur dit-il, calmez votre chagrin ;
Je viens ici tarir la source de vos larmes ;
Puisque vous me voyez, bannissez vos alarmes ;
J'apporte le remède à d'infaillibles maux
Dont je vois accabler mes frères, mes égaux.

Venez dans ma maison retrouver un asile :
Ma gloire est d'être aimé , mon rang est d'être utile.
Heureux , trois fois heureux , si mes faibles secours
Prolongent à mon gré la chaîne de vos jours !
Il prodigue ses soins au rang , au sexe , à l'âge
De ces infortunés sauvés par son courage ;
Et des riches , grand Dieu , ne l'ont point imité !
De ces cœurs endurcis telle est l'humanité.

A ce jour ténébreux , à ce jour mémorable ,
Succède une journée encor plus effroyable.
Dois-je apprendre aux humains le comble de ces maux ?
Pendant qu'assujettis aux plus rudes travaux ,
D'intrépides soldats , sur ces rivages sombres ,
Des asiles détruits font voler les décombres ,
Un seul homme égaré , parcourant ces débris ,
Demande en gémissant son épouse et son fils.
Rien ne peut dans son âme anéantir le trouble ;
A l'aspect de ces lieux sa tristesse redouble.
En creusant sa maison les soldats tout à coup
D'une robe sanglante aperçoivent le bout.
D'énormes soliveaux presqu'entière la couvrent :
Soudain on les enlève et deux corps se découvrent ;
Une femme , un enfant , abîmés et meurtris ,
Attendrissent le cœur des spectateurs surpris.
Le maître du logis , qu'un sort cruel opprime ,
S'en trouve le témoin , hélas ! et la victime ;
Et depuis cet instant ce père infortuné
Des mortels et des cieux pense être abandonné.
De ses plaisirs passés , après ce coup funeste ,
Les regrets , la douleur , voilà ce qui lui reste.

Présageant pour sa fille un semblable destin ,
Son malheureux ami , qu'assiége le chagrin ,
Ne veut , durant le cours de sa mélancolie ,
Prendre aucun aliment pour soutenir sa vie ,
Et , sans être effrayé par un déluge d'eau ,
Il court de sa maison visiter le caveau.
O surprise ! ô terreur ! quand du fond de l'abîme
Il entend les hauts cris que pousse une victime ;
Il accourt aux clameurs , et trouve un jeune enfant
Qui semblait entr'ouvrir les portes du néant :

Il demandait du pain en appelant sa mère.
Je ne vous peindrai point l'étonnement du père
Dans cet inexprimable et subit embarras :
Il reconnaît sa fille et la prend dans ses bras ;
Les yeux baignés de pleurs, d'une voix chancelante,
Il interroge alors la victime tremblante ;
Mais cette aimable enfant, que dévore la faim,
Pour la seconde fois lui demande du pain.
Il l'emporte aussitôt, sa joie est infinie,
En retrouvant sa fille il retrouve la vie,
Oublie au même instant tout ce qu'il a perdu ;
L'espoir de sa vieillesse à ses vœux est rendu.

O vous, dont le courage aux combats invincible
Parut avec éclat dans cet assaut terrible,
Vous qui réunissez, pour le bien de l'état,
La valeur, les vertus, l'honneur de Catinat,
Songez qu'un tel bienfait, amis de la victoire,
Ajoute un nouveau lustre aux palmes de la gloire.

DISCOURS d'un père à sa fille avant son mariage.

Reçois, fille chérie, en ce jour solennel,
La bénédiction de mon cœur paternel.
Puisse le ciel l'entendre, et sa bonté suprême,
En exauçant mes vœux, te l'accorder de même !
De Sara, de Tobie il forma le lien ;
Puisse-t-il à jamais favoriser le tien !

De ton espoir charmant déjà l'aurore brille ;
Tu vas entrer bientôt dans l'aimable famille,
Où règnent comme sœurs la paix et l'union.
Fais toujours consister ta noble ambition
A lui prouver ton zèle et ton intelligence ;
Inspire-lui soudain l'entière confiance,
Et ne trouble jamais ce fortuné séjour
Où l'amitié doit vivre à côté de l'amour ;
Et si la providence, après ton mariage,
T'accordait la faveur de voir dans ton ménage
Des enfans procréés de ta chaste union,
Forme leur jeune cœur par l'éducation ;

Élève-les surtout dans la crainte d'un être
Qui créa l'univers et le gouverne en maître,
Et songe qu'ici bas son culte est le soutien
Et du vrai philosophe et du parfait chrétien.

A son Prétendu.

Et toi, jeune Gustave, espoir de ta famille,
Approche, et désormais sois l'époux de ma fille;
Et si pour son bonheur ton cœur en a fait choix,
Puisse-t-elle t'aimer et vivre sous tes loix,
Changer le nom d'amante en nom sacré d'épouse,
Ne jamais se montrer inconstante ou jalouse !
Protége-la toujours de ton pouvoir légal;
Devenez un modèle en amour conjugal ;
Partagez constamment vos plaisirs et vos peines :
C'est l'unique moyen de resserrer vos chaînes,
Et de vivre estimés dans ces paisibles lieux,
Où libres et contens ont vécu vos aïeux.

Allons, mes chers enfans, à l'autel d'hyménée
Prier Dieu de veiller sur votre destinée.
Des présages flatteurs m'annoncent en ce jour
Que l'amitié va vivre à côté de l'amour.

LE TRAVAIL.

C'est par lui que s'éclaire et subsiste le monde.
Le laboureur aux champs et le marin sur l'onde,
Tout s'occupe ici bas, et, jusqu'aux animaux,
Tout vit dans l'univers du fruit de ses travaux.

L'AGRÉABLE PRÉFÉRÉ A L'UTILE.

On recherche un auteur, qui, dans de sots ouvrages,
Tonne contre les lois, les mœurs et les usages;
Tandis que l'écrivain, qui prêche l'équité,
Languit dans l'indigence et dans l'obscurité.

A Mademoiselle Amenaïde.

SUR L'ORGUEIL.

Vous êtes un bien précieux :
Je n'en serai jamais le maître ;
J'en deviendrais trop orgueilleux :
Dieu me défend de l'être.

A Mademoiselle Victorine.

SUR L'AVARICE.

Que ne vous ai-je en mon pouvoir !
Je croirais posséder le trésor le plus rare ;
Mais je me ferais un devoir·
D'en être bien avare.

A Mademoiselle Mélanie.

SUR LA PARESSE.

Vous travaillez trop constamment,
Vigilante et belle brodeuse.
Ah ! que ne suis-je votre amant,
Pour vous rendre un peu paresseuse !

LES DEUX VOLEURS.

Un grand voleur de contrebande
Fait la rencontre d'un brigand,
Sans le connaître il lui demande
Son existence ou son argent.
Quoi ! cher apôtre,
C'est toi, dit l'autre,
Suspends le cours de tes fureurs ;
Soutenons-nous entre voleurs.

MORALITÉ.

Un jour dans une armoire occupé tout entier
A chercher de son père un tas de vieux papier,
Un jeune fanfaron trouva parmi des sommes
Un livre intitulé, l'Art de tromper les hommes,
Que composa sans honte un certain Sanlesou,
Qui fit durant vingt ans le métier de filou,
Et qui, pour s'être ri des conseils salutaires,
Mourut désespéré sur un banc de galères.
Jeunes gens, profitez d'une telle leçon,
N'allez point imiter cet insigne fripon,
Dont voici la devise : Amateurs de richesse,
Voulez-vous l'acquérir, n'employez que l'adresse,
Et songez qu'un mortel, par le sort délaissé,
S'il n'est intéressant, doit être intéressé.
« Quiconque est riche est tout. » Cette horrible maxime
Enhardit les vauriens et les entraîne au crime.

LA PAYSANNE.

VERS PATOIS.

Uno paysanto és fort hurouso
Noun couneis pas la banitat,
Et sé jamay bén amourouso,
N'és d'un homé dé soun éstat.
Pagara pas dé sa persouno
Dé cados qué causon soubén
Et la ruino dé qui lés douno,
Et lé malhur dé qui lés prén.